나는 한 점의 궁극을 딛고 산다

손병걸

시인의 말

헤아릴 수 없는 기억들이 모여드는 곳

신경세포와 신경세포 사이의 작은 공간

원자, 분자, 고체, 액체, 기체도 아닌
성분을 모를 기억들이 쌓인 저장고

죽는 날까지 가득히 채울 수 없는
고작 타원의 공간 속 한편을 차지한
설렘, 희열, 슬픔, 분노, 그 긴장과 전율

그래서 다시 그러나 그리고 그러므로
멈춤 없이 접속사를 생성할 때마다
다음 문장들을 아예 툭, 툭, 끊어 버리는

투명한 허공 속 가득 찬 사랑아

2021년 봄, 소래포구에서
손병걸

나는 한 점의 궁극을 딛고 산다

차례

2부 막 개봉된 아침

3부 긴 어둠을 삼키고 삭혀

4부 빛이 오면 어둠이 머물렀던 자리를

**　　빛에게 내어주듯**

해설

　―김학중(시인)

1부

기쁘게 외로워져야겠다

보이지 않는 것들에 대해

고운 꽃잎에 베인 허공이
파르르 떨고 있는 모습을
한참 동안 들여다본 적이 있다

그날부터 나는 걸음을 가만가만 내디뎠고
키가 큰 나뭇가지에 찔린 먹구름 속에서
소리 없이 내리는 빗물 한 방울도 예사롭지 않았다
나는 그만큼 길 위에서 자주 젖었고
굵고 긴 빗줄기가 멈춘 뒤에도
한여름 뙤약볕 속을 길게 걸었다

언젠가 드디어 목적지에 도착한 것 같은
그늘 숲속 나무 밑동 아래에서
바싹 마른 풀잎 한 가닥이 차지했을 허공이
또다시 풀잎에게 자리를 내어 주는 동안에도
나는 주저 없이 되돌아 걸어야 했다

넓어진 보폭만큼 내 몸이 빠르게 자라며

음파음파 패인 허공의 신음이
바람 소리라는 것을 알게 될 때쯤
나는 겨우 둥글게 잠들기 시작했다
스스로 몸을 말며 작아지는 것들은
허공의 내력을 다 읽어낸 뒤 찾아오는
계절의 감정을 닮은 노을의 통증 같은 것

오늘 밤은 이불을 턱까지 당겨 눕듯
바람 덮인 길마다 나뭇잎들이 뒹군다 무딘 모서리들
을 접고
돌멩이들도 구른다 시푸른 강물 속으로 스민 허공이
하염없이 물길의 낮은 자세를 따라 흐른다

맛있는 악수

한 번도 본 적 없는
얼굴들이 온다

화난 얼굴 찡그린 얼굴
우는 얼굴 무표정한 얼굴들이
일제히 표정을 바꾸며 온다

해맑은 목소리들이
저마다 손을 내밀며
어김없이 내게 온다

달팽이관을 열면
모든 소리가 형체다
차 한잔을 나누면
빨주노초파남보
그윽한 무지개다 간혹
눈 뜨고도 눈이 부신 칠흑이다

밤이 더 깊을수록
또렷하게 켜지는 이름들이
얼굴 한번 본 적 없는
그들이 환한 얼굴로 온다

달빛 속에서 햇빛 속에서
강물 속에서 숲속에서
먹구름 속에서 허공 속에서
맛있는 악수를 청하며
내게 온다 앞다투어 달려온다

떨리는 내 손을 잡으며
나를 만지며 나를 흔들며
나를 깨우며 파동이 되어 온다
볕이 되어 온다 향기로운 표정으로
내 몸을 일으키며 멈춤 없이 온다

까무룩히 꺼져 가는 내 이름을 부르며

연거푸 그들이 온다 온몸으로 온다

3월

보이지 않는 것들은
없는 것이라고
쉽게 말들을 하곤 해

그러나 창을 연 건
언제나 투명한
저 바람의 손끝이야

막힌 망막을 녹이듯
바람은 어디든지
있는 힘을 다해
틈을 만들곤 해

안과 병동 창 너머
씨앗 한 톨
언 땅을 뚫고
파릇파릇 돋아난
키 작은 저 새싹도 그래

이맘때면
저마다의 이름으로
혹은, 이름 없이도
몸을 여는 모두가
새로운 계절이야

손끝으로도 볼 수 있는
온통 푸른 봄날이야

음각

순식간에 내 안으로 스며들어 와
어둠을 밝혀 준 당신

나는 행여나 당신이 떠날까 봐
긴 시간 문을 걸어 잠갔다 그러나
당신은 굳게 닫힌 시건을 풀고
행선 모를 바람이 되어 사라졌다

허공만 더듬는 오늘 아침 문득
서로 어루만져 온 희로애락의 문양이
손끝마다 새겨진 등고선 같아서
높은 산, 바람이 소용돌이를 치듯
내 몸을 통째로 흔든다

시리고 뜨겁고 크고 작고 가볍고 무거운 바람
저 숱한 바람은 누구에게나 보이지 않듯
시력이 없는 내 눈앞에서도 멀쩡히 불고
사방이 막힌 공허에도 당신이

거푸 분다 뜨겁게 분다

끌어안은 심장, 언어의 마음, 그리고 나부끼는 머리칼
차분한 눈길, 손목, 그 체온, 부드러운 목소리
해맑은 표정, 발목, 하얀 목덜미, 달콤한 키스
이제야 온전히 알겠다 한 몸이란
시간이 엉켜 온 체위가 아니다

소리 소문 없이 내 몸을 빠져나간 당신이
산 너머 먹구름 속으로 스민다 해도
텅 비어 버린 내 몸속을 휘도는 바람은
분다 열 손가락 끝에 음각된 순간
내 안으로 불어닥친 그 환한 태풍은

실면증

견디다 못해 늦은 밤
손전화기를 든다
숫자를 누른다

접속에 실패하는 깊은 밤마다
오히려 당신 쪽으로 나는
함께 걷던 적확한 주파수를 맞춘다

칠흑의 새벽이 여명에 이를 즈음
나는 고칠 수 없는 습관을 절망하며
창 너머 하늘 깊숙이 응시한
붉어진 눈길을 문 쪽으로 겨눈다

또다시 방문을 활짝 열고
허겁지겁 신발 끈을 묶듯
억제할 수 없는 발끝이
손끝처럼 불안불안 당신을 찾아 나선다

의연한 표정 속에 통증을 잘 감추고
정말 괜찮은 안녕이었다는 말
기꺼이 웃으며 돌아섰다는 말
그 말들은 다 거짓말

흘러간다는 시간이 되레 싸여 있듯
이별은 떨어질 수밖에 없는 몸의 거리일 뿐
그리움은 마음속에서 무럭무럭 자란다

충분히 울어도 잠을 잃어도 더 많이 아파해도
괜찮다 죽음조차 헤어짐이 아니라는 사실을
당신을 멀리 떠나보내고 알았다

자가면역결핍증

몸속에 흐르던 넓은 강이 말랐다

바닥이 쩍쩍 갈라진 강바닥에는
말라비틀어진 물고기들의 사체가
뙤약볕 속 하늘의 물기를 핥듯
딱딱한 아가미를 악착같이 벌리고 있다

때마다 꽃 피고 비가 내리고 눈이 내리듯
계절이 내 안에서 유유히 헤엄친다는 것은
내가 튼튼히 살아 있다는 말이다

산과 산 사이에 온실가스가 흐르고
혼돈 속에서 코스모스를 피우던 뿌리와
물길을 잃은 고목 잡목 잡풀들이
내 안에서 바싹바싹 타들어 가고 있다

머나먼 골짝에서 무균의 중력이 흘러오고
심폐소생술의 호흡이 흘러와야 한다는 것

이미 다 늦었다 지구도 항온을 잃은 채
은하수를 되찾기 위해 헤맨 지 오래

일찌감치 입 다물고 눈을 감고
등을 돌린 내 탓이다 밤마다 강기슭에서
무수히 위험을 알린 반딧불이들마저
진즉, 몸을 끄고 더 이상 날개를 펴지 않는다

발열이 비등점을 넘는 길 끝에서
마른 구토, 가쁜 숨을 몰아쉬며
나는 뒤늦게 흘러가야 할 강을 완벽히 잃었음을 후회
한다

자화상

햇볕은 따뜻한데
사방을 둘러보니
온통 뿌옇다

걸음마다 달팽이관이 뜨겁고
가쁜 호흡이 점점 더 벅차 올 때
빌딩 숲속에서 희멀건 먼지가 일고
으깨진 소음이 길바닥을 뒹군다

흐릿함 그것이 지나치게 분명해서
흰 지팡이 소리도 바닥을 뒹굴고
희뿌연 시야, 흔들리던 몸
중심을 마저 잃고 쓰러진다

신발을 잃은 발목이 시큰하다
장갑을 잃은 손이 시리다
남은 것들 완벽히 잃고서야
새로운 길을 찾을 수 있을까

빗줄기 멈춘 후 건너야 할
무지개 너머에서 환해질 수 있을까
그때쯤 스스로 전원을 켠
뜨거운 몸을 사랑할 수 있을까

열리지도 닫히지도 않는
두 눈동자는 명백히 뿌옇고
허공을 메운 바람도 뿌옇고
나를 만지는 모든 것이 뿌연데

푸드덕, 날갯짓하는 까마귀 소리에
나는 얼른 두 팔을 펼친다
고관절, 어깻죽지가 저리도록
팔다리를 휘저으며 신호등을 밟고 옥상을 밟고
미승거리는 정오 속으로 한껏, 날아오른다

빗방울 점자

우르르 쾅쾅, 천둥 소리에
깜짝 놀라 떨어뜨린 점자책

책갈피마다 알알이 박힌
무수한 점자들이
와르르 쏟아진 걸까

으깨진 머리를 감싸 쥐며
방바닥을 뒹구는
점자들의 비명이 들려오고

땅바닥을 치는 빗방울 소리 따라
가빠 오는 호흡을 가다듬으며
반지하 방바닥을 더듬을 때

내 생각과 아무 상관 없다는 듯
두두두두, 빗소리는
꽉 닫힌 창문을 자유로이 넘나들고

다시 펼친 책갈피마다
하얀 여백을 딛고 오뚝한
점자들의 목소리 들려온다

그래 다시 일어설 일이다
바싹 마른 생활을 지르밟아 주는
축축한 저 소리들과
그래 다시 걸을 일이다

얼마든지 그러하게
저벅저벅, 걸을 일이다 서슴없이
스스로 젖을 일이다 유쾌하게

소란

어미고양이 한 마리가
지하방 창문에 매달린 채
울어댄다 산동네 골목길
가파른 발소리도 점점 커진다

도무지 잦아들지 않는 저 소란
하루 이틀이 아니다
한 치 앞이 안 보이는 나도
타닥타닥 흰 지팡이 소리로
다디단 잠들을 흔들었겠다

큰맘 먹고 던져 준 고깃덩이 물고
재빨리 새끼들 쪽으로 향하는
아스라한 발소리에 귀를 기울일 때

골목길 중턱 맨홀 속에서
깊은 골짝 달빛 흐르듯
해맑은 물소리 들려오고

밤샘 근무 중인 가로등 불빛 속에서
자정 뉴스도 설거지 소리도
멈춤 없는 노랫소리로 들릴 때

그간 불러 온 엇박자 악보
할퀼 듯이 발톱을 세운
하이톤도, 불협화음도
찬바람 속에서 일제히 빛나고

잠 못 들고 뒤척인 지난 밤들이
고성능 스피커처럼 달팽이관에서
웅장한 오케스트라로 상영되는 밤

면
—시각장애인용 컴퓨터 화면 속 이야기

전원을 켤 필요가 없는 면
소리와 풍경이 명징한 면
시간과 공간이 자유로운 면

누구나 두 눈을 꼭 감으면
꿈틀꿈틀 되살아나는 면
더 어두우면 조용하면
모든 것이 생생해지는 면

면들을 면면히 어루만지면
생각이 한없이 깊어지는 면
면들이 면면히 열리면
뜨거운 감동이 솟구치는 면

더듬더듬 자음과 모음을 모으면
잘 조합된 문장과 문장을 이으면
마음과 마음이 포옹하는 면

예단과 편견이 사라진 면
그 사람 숲을 향해 걸을 때면
간혹 끊긴 유도블록을 만나게 되면
단 한 발짝도 어둡지 않은 면

어느 날, 느닷없이
노을이 진 밤하늘 속에서도
반짝 켜진 눈빛과 눈빛이
왁자지껄한 물빛이 되어 흘러가듯

스물네 시간 스스로 눈부신 면

송화

가쁜 숨소리가
가슴과 가슴 사이에서
폭죽처럼 터진다

놀란 당신의 얼굴과
긴장한 내 얼굴에서
눈부신 환희가 번진다

사랑의 결실은
산맥과 산맥 사이로 송홧가루를 뿜어대는
거대한 분출로부터 시작되는가

신발 적신 핏물을 닦으며
무진장 내리는 정오의 햇살이
고기압에 억눌린 내 심장을 더듬고
바람의 손길 같은 당신의 입술 사이로
자음과 모음을 모를 신음이 흘러나온다

한껏 풀어 헤친 옷매무시를 여미듯
쇄골에 하늬바람이 스칠 때
나, 무릎 꿇고 두 눈을 감은 채
모든 생명이 언제나 여기
태백의 산꼭대기에서 탄생함을 떠올린다

시퍼런 소나무와 소나무가 맨살을 맞댄
아무도 걷지 않은 우거진 숲속에서
끝내 나를 꿀꺽, 삼켜 버린
뿌리 속 물관의 맥박 소리 커지고

빠르게 달아오른 뭉게구름 속
발그레한 허공 너머 저 별들의 눈빛과
꾹 다문 입술에서 끝내 넘친 나의 기도문

절정을 머금은 태초의 꽃가루에 실려
아스라한 절벽 밑 계곡 아래 물길 속을 흐른다

코스모스

우리는 위태로운 모습으로 피어났다
그러므로 함께 걷기로 했다
손을 잡고 걸음을 내디딜 때마다
만개한 꽃잎처럼 머리칼이 나부꼈다

가늘고 긴 꽃대 위 꽃봉오리들
한 시절 폭죽처럼 찬란했으므로
걸어온 그 많은 발소리 따라
캄캄한 혼돈이 사라졌다

꽃이 피고 지고 피고 지듯
여러 해를 튼튼히 걸어낸 계절마다
귓불에는 화사한 바람이 불었고
발소리의 질서는 굳건했다

그러나 길이 없는 산기슭에서
이제는 홀로 길을 찾아야 할 때
각기 더 가파른 길을 쉼 없이 오르듯

스스로 환한 꽃송이가 되어야 할 때

예감 한번 없이 그래서 아프게
후두두 꽃잎 지고 만 흐린 날들이어서
걸어가야 할 길이 아득하겠지만
모든 꽃은 뿌리가 관장한 무수한 물길이
생생한 꽃잎을 펼쳐 왔으니

가자, 떨군 꽃잎들 뿌리를 덮어 주며
산골짝을 흘러내려 간 구름을 찾아
가자, 아직도 남은 삶을 철저히 사랑하기에
지극할 수밖에 없는 달콤한 고독을 품고

조락凋落

바람 한 점 없이
나뭇잎이 떨어진다

나뭇잎 한 장
손바닥 위에 살포시 올려 본다

금시라도 부서질 듯
바싹 말라 떨어진 것들은
스스로 가벼워진 것이다

이 무렵엔
가볍다는 숱한 말이
분명, 헤어진다는 뜻이다

그런 것이다 돌아가야 할 때는
아무 이유가 없는 것이다

바람 한 점 없이

산골짝에 물이 흘러간다

바람 한 점 없이
저녁놀이 산꼭대기를 넘어간다

보이고 보이지 않는 모두가

바람 한 점 없다

이름 없는 꽃

처음 보는 자세다

엎드려 기도하듯
낮게 임하신
향기가 짙은

꽃 한 송이

근처를 살펴보니
저마다 그러한

꽃 무리

입으로만 뱉어 온
고독이 아름답다는
섣부른 말은 그만

덩달아 낮게 다녀가시는

햇볕, 바람을 품고
나 새로운 뿌리를 내려야겠다

짧은 정오 속 어느 개울가
깊은 계곡 어느 산기슭에서
혼자 피는 그 많은 꽃

더 기쁘게
나 외로워져야겠다

참 말이 많았다

2부

막 개봉된 아침

민

순우리말로는 없다는 뜻이다 그러나 이곳엔
무수히 많은 자취가 새겨져 있다

얼추 수십수 년은 되었으니
들이켠 소주병과 막걸리통이
얼마나 될 것이며
못질 없는 나무 탁자에서
떨어진 사발이며 소주잔은
또 얼마나 될까

야트막한 골목을 오르던 예술인과
'호헌 철폐' '독재 타도'를 외치던
청춘들이며 동일방직 여공들이며
인천항구 부둣가 하역 노동자까지
그 많던 발길은 어디로 스민 걸까

잔을 기울일 때마다 사고의 균형이 무너지듯
삐걱거리는 의자의 어지러운 기억만큼

없기는 없다 돌아오지 않는 사랑을 목놓아 부르듯
발소리들을 기다리며 나만 혼자 엉엉 울다
놓쳐 버린 소주잔 깨지는 소리가
달팽이관을 후비며 잇바디를 흔든다

한때는 내 몸부터 염려하는 사람이 있었지만
간혹 인상부터 찡그리는 사람도 있었지만
없다, 전설이 된 목소리들이 빼곡히 스민
벽 속에서 누구라도 뚜벅뚜벅 걸어 나와
쌈판이든 술판이든 한판 붙자

음각된 사람들이 가듯 동지들이 가고
어깨를 토닥여 주던 늙은 시인도 가고
혼자 서러워하다, 혼자 분노하다, 혼자 취해
한 세기가 캄캄해져 가는 자정 무렵

먼발치 발소리의 눈동자가 반짝이듯
골목길을 밝혀 주는 민民주점 주마등 하나

등잔

그 겨울밤, 쪽창 너머 송이눈이 내리고
등잔 불빛 아래 기침 소리 번져 갔겠다

지금도 겨우내 하얀 눈에 덮인 채
꽁꽁 언 금강*이 얼음 껍데기를 벗기는 소리
밤새 작은 공원 곁 산기슭을 오른다

시린 시비 속 산에 언덕에* 문장들도
뒤꿈치를 한껏 들고 산꼭대기에서
당신이 그토록 염원한 별빛을 당기고 있다

흰 가지마다 엷은 새살은 돋고
새벽바람이 젖은 잎을 여전히 어루만져 주듯
이야기하는 쟁기꾼의 대지*를 두 손으로 쓰다듬을 때
긴 침묵에서 깨어난 하늘이 기지개를 켠다

깊은 골짜기에서 물소리도 솟구치며
꽃봉오리들이 흩어놓는 부드러운 흙 향만큼

평화를 지탱해 온 꽃잎들의 아름다운 노랫소리

커진다 4월의 광화문 광장을 지나 5월의 민주 광주를
지나
방방곡곡 6월의 발소리도 촛불혁명의 함성도
환해진다 등잔 불빛, 글 읽는 소리처럼

_* 신동엽 시인의 시詩들

그들의 하늘

농성 중인 혜화성당 종탑 위에서
언 눈이 녹고 오뉴월 볕이 쨍쨍하도록
채 내려오지 못한 아이의 엄마가 읽는
한 편의 시를 듣는다

꽃향기 멀어지는 땅 위에서는
겨울이 다시 겨울을 낳고
빛이 사그라든 지 오래
하늘은 먹구름 위에서만 밝고
수천 일째 해가 비치지 않는 동안
고압선 전류가 윙윙거리던 철탑 위에서
하늘이 무너졌다는 소식이 날아들자

촛불들이 타오르고 있다

몸속 깊숙이 뿌리내린
말의 심지가 타오르고 있다
소리 없이 최후의 발바닥까지

녹아내리고 있다 번지고 있다

좁은 골목을 지나 빌딩 숲을 지나
광장을 향해 발소리가
하나둘 모이고 있다 빛나는 노래가
부풀고 있다 출렁거리고 있다

날개를 편 거대한 불빛이
닫힌 하늘을 열어젖히고 있다
뜨거운 시들이 쏟아져 내리고 있다

그들이 스스로 하늘이 되어 가고 있다

모란공원 민주열사 묘역에서

언제나 웃으며 외로워했음을 아파했음을
숱한 날을 함께하면서도 몰랐으므로
우리는 당신을 공원묘지에 묻고
비로소 죽음을 끌어안고 걷기로 했다

사방이 낭떠러지인 섬에 갇혀
고비마다 절정의 꽃향기 뿜는
금강초롱 한 송이를 따라
전부를 던진 당신의 낙화

분명하다 평등 평화 해방을 위해
당신은 다시금 새로운 생명 하나를
태초의 바닷속에 심었다

숨이 딱 멎을 듯한 아름다운 모란이
소금 알갱이 같은 꽃봉오리를 터뜨리듯
노동의 땀방울이 빛이 되어 번지려면
채 죽지 않은 우리의 죽음이 멈춤 없이 걸을 때

당신과 손을 놓지 않고 걸을 때

우리의 무릎은 단연코 꺾이지 않을 것이어서
바람이 머리칼을 쓸어 주는 모란의 언덕에서
금강초롱의 필적을 모은 한 편의 시를
응시한다 읊조린다 큰 소리로 노래한다

일순, 공원묘지에서 한 그루의 당신이
모란의 꽃망울을 터뜨리며 걸어 나오고
무산霧散하는 바닷속에서 소금 알갱이를 흩으며
금강초롱들 꽃봉오리 꽃잎들을 펼친다

승화원에서

서해가 빤히 보이는 모텔에서 발견된
막노동꾼 동생이 누운 목관이
입술을 앙다문 형제자매들을 지나
화구 속 불길로 빨려 들어간다

죽음의 완결을 호명하는 전광판 숫자만큼
승화원 창밖에도 어제의 일몰을 닮은
흰 구름들 다시 한껏 붉은데
돛대도 삿대도 없이 머나먼 길을 나선
동생은 어떻게 아침을 맞이할까

뜨거운 뼛가루 손에 움켜쥔 채
형제자매들 차마 손을 펴지 못하고
분향소 곁 계수나무 위 새들도
가느다란 가지를 꽉 움켜쥔 채
좀처럼 울음을 멈추지 못한다

높고 긴 굴뚝 위로 굵은 연기가

망망한 허공에 길 한 가닥을 놓아줄 때
그제야 노을빛 눈동자들 하나둘 입을 모아
즐겨 부르던 동생의 노래 가사를
밤하늘 한복판에 마디마디 새긴다

일렁이는 소절들 범람하듯 환하게
흐른다 하얀 쪽배에 동생을 싣고
바알간 해 앞서간 수평선을 향해
흐른다 푸른 하늘 은하수 서쪽 나라로

참신

칠백의총을 휘돌아 나오는데
발길을 잡는 나무 한 그루 보입니다

다가가 자세히 보니 모과나무입니다

모과를 나무에 열리는 참외 같다고
목과木果라고 했다는데요
열매가 못생겨서 한 번 놀라고
씹어 보면 맛이 하나도 없어 두 번 놀라고
그윽한 차 향기에 세 번 놀란다는데요

나는 한 번 더 놀라고 말았습니다

몇 해 전, 겨울에 이미 죽었다고
나무를 밑동째 베어 버렸다는데요
아, 글쎄! 몸통 잘린 그루터기에서
연방 새싹을 틔우더니
나무 한 그루 다시 일어섰다는 것입니다

오롯한 그루터기 모과나무 앞에서
잠시 참신斬新에 대한 참뜻을 되뇔 때
산꼭대기에서 커다란 함성 쏟아져 내려오고
그 함성 쪽으로 얼른 고개를 돌려 보는데요

맨몸으로 숱한 칼날을 받아 낸
이름 없는 의병들의 생생한 목청입니다

구월동 모래내시장

거북이 등짝을 닮은 모래내시장 주변에는
사거리가 많다 무심코 지나가던 사람들
신호등 앞에 서면 짭조름한 모래바람이 가슴을 파고
들고
발소리들 시장 쪽으로 빨라진다

자정 지나 하나둘 꺼지는 불빛들
어스름 새벽 일제히 불 밝힐 때
시장통에 빼곡히 좌판이 펼쳐지고
왁자지껄한 발소리들이 뒤엉키는 동안
승강이 승강이들이 모래성을 쌓았다가
스르르 무너지는 곳

오백 원, 천 원 깎으려는 흥정 뒤에
늙은 아낙이 젊은 아낙을 세워놓고
갖가지 나물, 싱싱한 채소를 덤으로 얹어 줄 때
부지런한 다리품에 만 원짜리 쪼개지며
시장바구니 배가 불룩해지는 곳

새벽, 국밥집 문 풍경 소리 번지듯
먼 동네까지 소문난 시장 구월동에 있고
인천의 길이란 길들은 모두
거북이 품속 같은 모래내시장을 향하고 있다

오래된 골목

1

피었다 싶더니만 떨어진 꽃잎들이
말끔히 쓸려나간 골목길에
새벽 출근 발소리가 요란하다
곧이어 골목을 내려오는 아이들 등에서
몸집보다 큰 책가방이 불안하게 흔들린다

2

어느새 바람 후끈한 골목 입구에 앉은
노인 몇 퀭한 눈으로
휠체어 탄 일행들 내려오는 골목길을 바라보다
막 도착한 무료급식 차량에 올라타고
발소리 텅 빈 오후 골목길을
오르내리는 연탄 배달 봉사자들이
시커먼 얼굴을 닦으며 가쁜 숨을 고른다

3

가을이 있었던가 없었던가

추수할 것 없으니 언제나 일찌감치 찾아오는 한파가
골목 안 빙판을 포장하고 옅은 햇볕은
한기 든 산동네를 부지런히 문지른다
이맘때면 교회 첨탑 불빛도 안간힘을 쓰며
산꼭대기 먹구름을 막아서지만
시린 눈발 흐르는 골목을 향해
하루의 노동을 마친 얼굴들이
하얀 입김을 뿜어대며 역류한다

4
고질적인 만성위염에 시달리듯
가파른 골목길 하수구가 신음을 토해도
투약은 언제나 늦다 자정이 되어서야
달빛이 알약 녹듯 번지고
불면을 겨우 달랜 산동네가
고요해진다 그것도 잠시
밤새도록 서릿발이 날아다니며
깨진 시멘트 바닥 틈마다 스미고

냉랭한 수맥에 선잠을 깬 새벽쯤
어질어질한 꽃 내음 코끝에 매달린다

5

산동네에서 꽃이 핀다는 것은
골목 안 이마에 맺힌 땀방울과 같아서
이맘때면 작열하듯 열꽃이 피어나고
열꽃이 번지는 만큼 꽃잎들도 붉어질 때
입을 딱 벌린 골목 입구가 있는 힘을 다해
덩치 큰 어둠의 옆구리를 사정없이 베어 문다

6

봇물 터지듯 햇빛이 번지고
탱탱한 발소리들 골목 안으로 쏟아지는
막 개봉된 아침이 모처럼 봄날이다

조등

한동안 열리지 않던 지하방에서
참담한 악취가 부고를 알리듯
골목 안 마른 잎들을 몰아세우고 있다

어스름 저녁 골목 입구 나뭇가지에 걸린
개척교회 전용 조등이 켜지고
상주 없는 영전에 부조하듯
국화 한 송이 내려놓고 기도하는 사람들

저 기도 소리 사라진 내일 밤이면
드넓은 하늘에 미세한 변동이 있을 터
진즉, 그걸 아는 별들이 상여꾼으로 내려와
조등에 시린 손을 쬐고 있다

저 하늘 위에 또 하늘, 하늘 위에 하늘
거기인들 독거獨居가 끝날까

늦가을 새벽, 추도예배가 끝나갈수록

별들의 표정이 새삼 불안하고
마침내 불이 꺼진 조등에서
떨어지는 이슬방울 소리 빨라지며
골 진 골목을 타고 흘러간다

언제나 그랬듯 발소리 멈춘 오후쯤엔
골목 입구, 조등 걸힌 나뭇가지에서
또 국화 닮은 송이눈꽃 한 다발이 필 것이다

싸락비

비닐로 지은 도로 곁 간이텐트
속으로 날이 선 비바람이 파고든다

젖은 비닐지붕을 때리며 겨울비
내린다 비닐텐트 곁 아스팔트에
클랙슨 소리 요란하게 번지고
사이드카 스키드 마크를 길게 찍는다

자정 지나 한참 더 공장 안팎으로
모질게 내리는 겨울비
으깨지며 들러붙는 빗방울 소리가
미끄러운 길 위에 겹겹이 얼어붙는다

좀처럼 그치지 않는 빗줄기에
얼어붙은 비닐지붕, 비닐벽이
흔들린다 살얼음이 맨살을 파고들듯
살인적 해고를 당한 이름들
뿌드드득 뼛소리를 털며 일어선다

비정규직 철폐 부당 해고 복직
플래카드도 함께 외치는 구호 너머에서
여명이 밝아 온다 그러나 여전히 아침은 희뿌옇다
눈앞에 펼쳐진 길도 온통 빙판이다

멀리서 먹구름이 빠르게 몰려온다
또다시 눈발에 뒤덮인 밤이 길어진다
곤두박질치는 싸락눈 소리 커지며
쌓인다 비닐지붕, 비닐벽이
흔들린다 빙벽처럼 얼어 버린 살결의 통증

끝이 없다 포기 못 할 목숨을 건 노숙들

푸른 나뭇잎

어제의 죽음이 죽음을 머금고
주어진 대로 내일의 죽음을 다시 죽듯
채 수령하지 못한 비정규직 시급時給이 죽고
어제와 같은 뉴스는 고스란히 건조체다

도시락 한 끼, 컵라면조차 비울 수 없는
점심시간처럼 빠르게 달려오는 전철 승강장에서
죽음을 빨아들이는 또 다른 기계의 틈 속에서
두어 달 된 적금통장이 끼고 밤샘근무가 끼고
부모의 절규가 모든 틈을 메우고 있다

평등과 사랑이 가득한 희망찬 시절이라고
미래를 삼켜 댄 틈을 잊었으므로
갈기갈기 찢긴 꿈들을 외면했으므로
나는 섣불리 써 온 조문들을 고쳐 쓴다

길게 울지 않으면 아파하지 않으면 분노하지 않으면
숲속에 꽃밭은 없다 여린 가지에서 뜯긴 나뭇잎들이

삶다운 삶의 단풍이 될 수 있었음을
반드시 되어야 함을 서둘러 포기했다

죽음이 새벽을 시퍼렇게 물들이며 죽고
죽었음에도 또다시 죽어 갈 것임에도
나는 내 몸으로 한 번도 물들이지 않았고
길고 긴 울음을 제대로 울지 않았다

주먹

바람 짠 묵호항 부둣가 드높은 화물 더미 위에서 떨어져 수년째 뇌사 상태인 이모부. 손수레 화물 배달 사십여 년 동안 딱딱하게 굳은 몸은 풀릴 만큼 풀렸건만, 아직도 손수레 운전대를 잡은 듯 주먹을 단단히 말아쥐고 있다. 평생 주먹질 한번 해 본 적 없는 사람이라는 평판을 듣지만, 살다가 주먹 한번 내지르고 싶은 날 없었을까? 초점 없는 두 눈동자 온종일 천장을 응시한 채 아무 말이 없다. 세상사 천직이 어디 있을까? 평생을 손수레만 끈 탓인지 도무지 풀리지 않는 주먹에서 땀이 흥건히 배어 나올 때 인제 그만 쉬시라고 펴 드리고 펴 드려도 이내, 주먹을 말아쥐는 이모부. 그 모습 지켜보며 안타깝다. 슬프다. 괴롭다. 복잡다단한 감정을 쏟아 내다가 화가 난다. 하늘이 원망스럽다. 식구들이 말을 하지만, 지상의 기억이 없다는 의사 말에도 혹시, 뇌 신경에 미세한 반응이라도 보일까? 이모부 가끔 검사실을 향할 때면, 무거운 침대가 스르르 굴러가는 건 묵호항 부둣가 가파른 골목마다 여전히 바퀴자국들 선명하고 끝끝내 손수레 바퀴를 다시 한번 굴리겠다는 듯 이모부 단단히 말아쥔 주먹을 풀지 않는다.

당신의 허벅지

부서진 정신의 사막을 건널 땐
당신과 동행이 제격이야
스텝과 스텝 사이에서 소금꽃이 피어나듯
혓바늘이 서걱거리는 우리의 말들은
더 어지럽고 현란할수록 좋아

쉼 없이 생성과 소멸을 반복하듯
별과 별이 팽창하는 사이를 걷고 있는
우리의 아스라한 호흡이 새로운 빅뱅처럼
먼지가 아닌 푸른 숲이 되길 원해

그러나 나의 바람은 밀폐된 공간에 갇힌 채
샹들리에 조명 속으로 아득해지고
기어이 다시 출발해야 할 내 두 손도
용케 견딘 당신의 허벅지에서 떨고 있어

다행이야 모든 생사가 찰나이듯
무수한 별이 모조리 사라진 사막에서

당신의 눈썹 위에 쌓이는 모래바람 소리 들려오고
멈춤 없는 기도 소리가
내일을 열어젖힐 햇볕임을 믿을 수 있어

지치지 않는 그 표정이 고마워
캄캄한 눈동자 귀를 적셔 주는 오아시스
맑은 입김의 저장고 낙타의 허벅지
커다란 봉우리, 멈추지 않는 발소리!

절정

연거푸 감탄사를 터뜨리듯
깡마른 가지마다
새파란 싹들을 틔운다

똑 부러질 것 같은 저 나무들이
파란만장의 몸짓으로
시퍼런 숲을 완성할 수 있을까

나무들은 혼자 숲이 아니라는 듯
서로 내어준 허공에
가지와 가지들을 빼곡히 뻗으며
촉촉한 바람을 만들어가고
아지랑이는 꽃봉오리들을 터뜨리며
잠든 계절을 흔들어 깨운다

긴 겨울을 견뎌온
시린 잔상을 지우듯 나뭇잎에서
아침 햇볕 스텝이 따각거리고

보이지 않는 입자와 입자로 뭉쳐진
바람도 드디어 기지개를 켜며 부풀어 오른다

작은 숲이 더 큰 숲을 만들며 퍼지고
부푼 바람이 다른 바람을 데리고 몰려간
먼발치에서 또 꽃봉오리 한 무더기 터지며
색색의 꽃잎들 사방으로 흩날린다

미처 바람이 다다르지 못한
산꼭대기 쪽으로 진달래꽃 바삐 오를 때
잘 여문 지구 한 톨이 부화하듯
줄탁동시의 싱싱한 봄날이
파릇파릇한 하늘을 더 넓히며 번진다

3부

긴 어둠을 삼키고 삭혀

살구나무 선산에 살구

아버지가 할아버지의 발자국을 따라 걷듯
나도 아버지의 발자국을 향해
한 걸음 한 걸음을 내딛는 반복, 그러니까
산다는 건 과거가 미래가 오늘을 품고
후끈 달아오르는 발소리 같은 것

가파르고 좁은 산길을 오르며
거슬러 오를 생각은 점점 더 숨 가빠서
내 흥건한 땀이 어제는 아버지 이마에서 맺히고
내일은 할아버지 귓불에서 흐르듯
지금은 살구나무에 살구꽃이 필 때

햇볕이 채 녹지 않은 산기슭을 말리고
쉴 수 없었던 굵은 뿌리의 궤적을 모셔와
널찍한 바위에서 쉬게 하는
이 짧디짧은 발소리의 쉼도
다 끌어안으며 뒹굴며 일어서며
다시 피어난 저 살구꽃 같은 것

가지 끝에서 마지막 꽃봉오리 반짝 켜지고

긴 어둠을 삼키고 삭혀야만 아침이 돌아온다는 듯

사뿐히 진 꽃잎들 무덤을 덮어주며

어제도 오늘도 내일도 모두 다

한꺼번에 품고 있는 살구나무 선산에 살구

봄이 오는 소리

잠 못 들고 뒤척이는 밤
창문을 두드리는
그 옛날 그 소리를 부둥켜안았네

게 눈 감추듯 비워진 밥그릇들
우물가 어머니 설거지 소리가
달그락달그락 호롱불 꺼뜨릴 때
우리 형제자매 이불 속을 파고들었네

깊은 밤 어머니 시래기 다듬던 소리와
아버지 새끼 꼬는 소리가
앞산 뒷산 나뭇가지에서 돋아나는
연초록 이파리들 입놀림인 줄 알았네

깊은 산 산짐승 마당까지 내려와
개 짖는 소리 번뜩일 때쯤
산속으로 돌아가는 짐승의 발소린지
쟁기질 나선 아버지의 발소린지

우리 형제자매 알 수가 없었네

부산한 새벽 발소리 발소리들과
행상 꾸리시는 어머니 소리 따라
아궁이에서 생솔가지 타닥거릴 때
깨지고 꺼진 구들장에서 연기가 피어오르고
밥 끓는 소리 산골짝에 가득하였네

이른 아침 눈 비비던 밥상 위에서
아지랑이 피어오르던 감자보리밥 냄새
그때는 그저 저절로 찾아오는
한 끼니의 봄인 줄만 알았네

강

남자가 취했다

궁싯궁싯 여자의 몇 마디에
와지끈 밥상이 엎어졌다
튀어 오른 숟가락 젓가락이
잠든 척 누운 아이 얼굴에 떨어졌다

남자는 또 방에 갇혔다

풀벌레 울음소리 뒤엉키는 강둑에서
여자의 치맛자락이 아이의 이불이 되고
강 건너 하늘 별들 틈에서
별 하나가 강물 속으로 뛰어들었다

여자는 두 눈빛을 반짝이며
재빨리 강물에 손을 담갔고
여자 손에 건져진 별 하나가
아이 머리카락 속에 깊숙이 감춰졌다

찬바람은 아랑곳없이 아이를 지르밟고
밤새 뭉치 바람을 밀어내며
한껏 붉어진 여자의 두 눈이
막 잠을 깬 아이 눈과 마주할 때

강둑 아래 키가 큰 갈대숲에서
새 한 무리 후두두 날아오르고
깊이를 알 수 없는 시퍼런 강물 속에서
눈부신 금빛 햇살이 일렁일렁 일었다

저녁놀

하루의 노동을 마친

비알밭에서

굽은 몸 일으켜

남은 힘을 다해

산등성이 너머

흰 구름 속으로

핏물을 수혈하는

엄마

딱딱한 소리

잔뜩 웅크린 엄마
발바닥 굳은살을 베어 내는가

행상 나선 새벽 발소리
안개 짙은 논둑길 발소리
뙤약볕 쏟아지는 감자밭 호미질 소리
한겨울 냇가 빨래 소리
늦은 밤 우물가 설거지 소리

베어진 소리 소리가
고층아파트 방바닥에 쌓여가고
그 소리들 되짚어 따라 걷다 보니

방 한 칸에 여섯 식구 잠들던 집
푹 꺼진 구들장에서 피어오르는
생솔 연기에 코끝이 찡해오고
눈동자가 점점 붉어지는데

이제는 편히 모시겠다는 설득에도
살아갈 길 다 따로 있다며
이사 안 오겠다는 확고한 목소리 들었는지
현관 앞에 낡은 고무신 한 켤레

시골집 뒤란 텃밭을 향하고 있다

방석

엄마 생신 선물이라며
여동생이 십자수를 뜹니다

나는 여동생에게 엄마 건강이 한 땀
고마움이 한 땀 내 기도가 한 땀
볼 때마다 추임새를 넣습니다

여러 날이 지나고
여동생 목덜미가 뻐근해질 때쯤

아담한 초가집 서까래가 올라가고
사립문 옆에 절구통 하나가 서더니만
지붕 위로 솟은 굴뚝에서
하얀 연기가 피어오르기 시작합니다

나는 그제야 눈치챘습니다

뜨거움도 내 차지 차가움도 내 차지

진자리 마른자리 가리지 않는 엎드림
그것이 방석의 유일한 목표였습니다

나는 여동생에게 몇 번을 애걸한 후
달빛 쏟아지는 마당에 가지런히 박힌
별무늬 모양 징검돌들을 지나
목판 툇마루 밑 댓돌 위에

꽃고무신 한 켤레 공손히 놓아 드렸습니다

대보름달

당신을 떠나보낸 후
목멘 목젖에서
며칠째 이름 석 자 울컥입니다

하늘 한복판에 커지는 달처럼
뻥 뚫린 가슴 속에서
생생한 얼굴이
차오릅니다 되살아납니다

하늘과 땅 사이에 벌어진 틈은
틈이 아니라고
가득한 달빛이라고
우리 사이는 머나먼 틈이 아니라고
하얗던 보름달 점점 더 붉어집니다

당신에게 절반을 잘라 준 간에서
붉게 솟구치며 번지듯 핏물이
내 시린 손끝 발끝을

다시금 데워 주는 대보름 밤

아무리 멀어도 멀지 않은
나는 여기
당신은 거기
텅 비어 있어서 가득한

생사生死의 간극이 만월滿月입니다

목침

더는, 그곳에서는
쓰러지듯 잠들지 마세요

색 바랜 이불 실밥 풀린 옷가지
밑창 터진 구두 장화 몇 켤레
밑줄 짙은 신농법 책자들
수북한 농협 빚 독촉장들

지상에 남은 당신의 마지막 흔적들이
검붉은 저녁놀을 받아안고
골고루 타오르고 있어요
버티고 버티던 딱딱한 목침도
벌겋게 타올라요 사그라들어요

하늘과 땅 사이를 가득히 메우듯
하얗게 피어오른 연기 뒤 까무룩한 어둠이
꼭 생성과 소멸의 풍경화 같아서
고집불통 당신의 그 일생을

새삼 가슴 속에 깊이 담고 묻어요

그래요 어슴푸레한 비알밭 그 새벽 논바닥 같은
묏등 속 관 바닥을 등에 업고
비로소 푸른 하늘 은하수 별빛을
한껏 품으셨네요

언제나 내리내리 밝아올
당신이 열어젖힌 그 많은 아침을 위해
이제는 우리도 딱딱한 잠을 하나씩
기껍게 장만해야겠어요

대숲

십수 년 만에 찾아간
묏등 허문 자리에
웃자란 대나무들 빼곡합니다

먼발치 산봉우리 쪽으로
귀소歸巢의 새 한 무리 대숲에서 날아가고
국화 송이 같은 구름 한 다발
산봉우리에 공손히 놓아 줍니다

제지祭紙를 펴듯 검붉은 노을도 짙어 가고
무릎 꿇고 올리는 술잔 속에서
막 눈 뜬 샛별 빛이 글썽이듯
생사生死의 거리가 더할 나위 없이 아득합니다

음복飮福 몇 잔 들이켜니
곱게 빤 당신의 뼛가루를
는개비 속으로 한 줌 한 줌 흩어 놓을 때
하얗게 물든 그날의 시리디시린 바람

다시금 산 중턱을 훑고 갑니다

당신은 언제나 그랬듯
자식들 걸음을 막는 어둠을 다 태워 버리겠다는 듯
오래전 납골식 화염火焰 같은
시퍼런 불빛을 뿜으며 대숲에서

마을로 내려가는 길을 내내 비춰 주고 계셨습니다

댓거리

원고 때문에 밤을 새우는 날이 많다. 그런 날이면, 꼭 코 고는 소리가 달팽이관을 파고든다. 재래시장에서 채소를 파는 위층 아저씨 코 고는 소리다. 아저씨와 나는 벽이 있으나 속이 빤히 보이는 이웃이다. 간혹, 대형마트 할인 때문에 공친 이야기를 들은 날에는 동네 슈퍼 파라솔 의자에 마주 앉아 술잔을 나누기도 한다. 오늘 밤은 다른 날보다 코 고는 소리가 유난히 힘차고 나는 어김없이 문장을 썼다가 지웠다가를 반복한다. 어린 날 고향 뒷산 댓잎 소리를 닮은 아저씨 코 고는 소리가 나를 이리저리 끌고 다니기 때문이다. 그러나 나는 자본가의 귀가 당나귀 귀가 된 세상 앞에 죽음으로 항거한 한 노동자의 원고를 간신히 마감하고 빌라 현관 앞에 쭈그리고 앉아 아침 해를 기다린다. 그때, 등 뒤에서 아저씨 계단을 내려오는 소리 들리고 이내, 접이식 손수레를 현관 앞에 펼치며 느닷없이 내게 시비를 걸어온다. "어제는 무슨 글을 쓴 게요? 키보드 두드리는 소리가 시끄러워서 도무지 잠을 잘 수가 없었다니까." 예상 못 한 아저씨 목소리에서 시퍼런 댓바람이 인다. 기습을 당한 나도 질

세라 댓거리를 한다. "싱싱한 채소 같은 글을 쓰려고 했는데요. 아저씨 코 고는 소리 때문에 못 썼어요. 물어내세요." 일순, 골목 안에 팽팽한 햇살이 번지고 아저씨 한바탕 웃는다. 나도 따라 크게 웃는다. "오늘, 덕분에 대박 나겠네." 아저씨 한 말씀 푸지게 부려 놓고 손수레를 민다. 바퀴 소리 골목길을 흔들며 내려간다. 밤새도록 몸집 키운 햇덩이가 가파른 골목길을 바지런히 오른다. 눅눅한 산동네가 오랜만에 후끈후끈 달아오르는 아침이다.

밥상

어머니는 오른손잡이
딸내미는 왼손잡이
두 눈이 안 보이는 나는
양손잡이인데요

딸내미는 아빠를 챙기고
어머니는 손녀를 챙기고
나는 어머니를 챙기려다
자주 뒤엉키는 손들 탓에
우리 집 밥상은 요란한데요

어쩌다 찾아드는 햇볕처럼
지하방에 다니러 온 사람들
마지못해 밥상 앞에 앉으면
마음이 짠하기도 하다는데요

언제나 불안과 불안이 뒤엉켜
아슬아슬 먹먹한 듯 그러나

한마디 말보다 손이 더 빠른

우리 집 밥상은 즐겁습니다

문자메시지 한 통

손전화기에 날아든 문자를 읽을 수 없어
학교에 간 딸아이만 기다리고 있는데요

재활 훈련 나오라는 시각장애인 복지사 목소리
가끔 생활비 보내 주는 직장 동료 목소리
한번 다녀가라는 고향 친구 목소리

미안하고 고맙고 그리운 목소리들이
벌러덩 드러누운 골방 천장에서
순서도 없이 마구 뒤엉키는데요

한결같은 이름들을 하나둘 불러 보며
머릿속으로 짧은 답장을 작성하는 사이
막 현관문 안으로 들어선 딸아이가
문밖에 만발한 꽃소식을 쏟아 놓는데요

나는 냉큼, 내밀려던 손전화기를 내려놓고
새소리, 산과 바다, 풀 한 포기까지

오랫동안 소식 끊어 미안하다고

답신하듯 딸아이를 꼬옥 안아 줍니다

왕곱빼기 짜장면집

자랑하고 싶은 짜장면집이 있다. 그러나 정작 상호를 모른다. 위치도 모른다. 어느 날, 친구가 전단에서 읽어 준 전화번호 하나를 외울 뿐이다. 나는 가끔, 그 전화번호를 눌러 딸아이와 짜장면을 시킨다. 주문 전화를 끊고 채 오 분이 지나지 않는다. 현관문 두드리는 소리 들린다. 문을 열어 주면, 예쁜 딸은 공부 잘하고 있느냐? 당신 건강은 어떠냐? 씩씩한 목소리 들린다. 늘 짜장면 보통을 시키지만, 왕곱빼기 짜장면과 주문하지도 않은 비빔용 짜장을 가져다주는 사장님이다. 배달을 오는 날이면, 살림살이를 꼬치꼬치 물어서 생필품을 사다 주는 사장님이다. 그런데 얼마 전, 살던 집에서 멀리 떨어진 집으로 이사하던 날이었다. 짐을 정리하다가 점심때가 되었을 때였다. 혹시, 이곳까지 배달할 수 있을까? 그러나 걱정은 오 분을 넘기지 못했다. 사장님은 총알을 탄 사람처럼 달려왔다. 왕곱빼기 짜장면 그릇들과 선물용 세제 한 통을 내려놓으며 사장님 어김없이 지청구를 풀어놓는다. 내 허락 없이 언제 이사를 했대? 어디 집 구경 좀 해 볼까? 짬뽕같이 매운 사장님의 오지랖이 집 안 구석

구석을 훑고 간 뒤, 한참 걸릴 짐 정리가 수월하게 이뤄졌다. 역시, 아무리 먼 곳으로 이사해도 부다다당 달려올 사장님이 분명하다. 그러나 나는 여전히 사장님 이름을 모른다. 오직, 푸짐한 번호 하나를 외울 뿐이다. 언제든지 긴급 출동할 수 있을 것 같은 대한민국 최고의 왕곱빼기 짜장면집 전화번호 하나를…

성년식

수제비를 띄운다—강물 속에 가라앉은
고추장 푼 붉은 국물이 끓는다—아버지의 그물 속
에서
매콤한 시간을 한 수저 건져 올린다—물고기가 펄떡
거린다

진한 기억이 혀끝에 알싸하다—양철 지붕 마당 가
마솥에서 끓는
산꼭대기 저녁놀이 입안 가득 번진다—매운탕 냄새
앞산에 자욱하고
영정 속 아버지 내 몸속에 채워진다—모깃불 연기에
눈시울이 맵다

눈물 방울 또르르, 그리움은 거리가 없다

배고픔을 달래 준 잊지 못할 뜨거운 사랑
아슴아슴한 아버지의 수제비 매운탕이
내가 끓인 수제비 매운탕에서 다시 붉다

"술은 어른에게 배워야 해!"

내가 따라 주는 아이의 술잔 속에서
내 아버지 말씀이 일렁일 때
아이가 가득 찬 술잔을 높이 들며
발그레해진 얼굴로 외치는 말

뜨거운 우리의 사랑을 위하여!

성혼식

사랑한다는 말의 의미는 잡은 손 놓지 않고
함께 걸어간다는 약속이어서
바람 소리 부드러운 가을을 품고 우리는
서슴없이 겨울 속으로 걸어갈 것입니다

서릿발 한설이 발목을 걸어대도
두렵지 않습니다 이제는 혼자가 아니어서
언덕 너머 봄날을 향해 우리의 발끝을 모으고
가슴 벅찬 하루의 계단을 오를 것입니다

만날 수 없는 다른 얼굴의 해와 달도
차가움과 뜨거움으로 하루를 완성해 가듯
우리는 앞다투어 이마에 흐르는 땀방울을
닦아 줄 것입니다 때로는 삶의 희로애락이
이슬을 닮은 침묵이었다가 눈이 부신 햇빛이었다가
천둥소리를 머금은 먹구름이었다가
해맑은 노을처럼 물들어갈 것입니다

그때마다 나를 위해 당신의 안녕을 먼저 묻듯

당신이 앞서 내 안녕을 물어 올 때

사뿐히 건반 위를 지르밟던

오늘의 스텝을 떠올릴 것입니다

4부

빛이 오면 어둠이 머물렀던

자리를 빛에게 내어주듯

나무숟가락

그녀가 나무를 깎는다 칼질의 방향은
순결 쪽이 편하다고 한다 가끔은
잘 미끄러지던 칼날이 탁, 걸릴 때
엇결을 만난 것이라 한다
그러나 맞선 것이 아니고
걸어온 길이 서로 다를 뿐
그냥 결과 결이 한 몸으로
단단히 자란 나무의 사연이라 한다
이 나무숟가락 하나가
우리 손에 쥐어질 수 있는 건
헤아릴 수 없는 인연들이 응집된
작은 나무 한 조각의 회향回向 덕이라 한다
엇결이 순결이고 순결이 엇결
각기 제 방향을 가진 나뭇가지들의 조화
그러니까 분리할 수 없는 모두는
바로 나무 한 그루의 나무 한 조각이라 한다
나이테가 나이테를 겹겹이 포용한
나뭇결을 읽어 주는 그녀를 보다가

우리 입으로 들어가는 모든 음식은
나무숟가락으로 모셔야 한다는
어느 성자의 말씀이 떠오르고 나는 살다가 오늘처럼
좋은 인연을 만나면 나무숟가락을 선물한다는
그녀, 내게 나무숟가락 하나를 쥐어 주며
뜨끈뜨끈한 말씀 한 끼 내어놓는다

밥 굶고 다니지 마세요

부석사 뒤란

오뉴월 뙤약볕에 얼굴이 익을 것 같았고요. 화엄의 돌
계단은 삐뚤삐뚤 놓여 있었는데요. 높낮이는 또 얼마나
불규칙하던지요. 반도 못 가 다리가 후들거렸는데요. 나
만 내려갈 수도 없고 어찌합니까? 일행들 발소리 따라
낑낑거리며 올라가 나는 배흘림기둥부터 만져 보았는
데요. 일행들은 구석구석 들여다보느라 바쁘고요. 나
는 쉼 없이 흐르는 땀도 그렇고요. 기진맥진한 정신도 그
렇고요. 만사가 귀찮아 그늘진 곳을 찾았는데요. 바로
법당 뒤란이 명당이더군요. 나는 망설일 것도 없이 그곳
에 벌러덩 누웠지요. 몸속의 열기가 빠져나갈 때쯤, 부처
를 모신 대웅전 법당 뒤란이어서 그런지. 배를 까고 누워
서 그런지. 텅 빈 내 머리통 속 공명을 내려놓듯 산 아래
를 향하는 시원한 목탁 소리 들려오고요. 설법 마친 스
님이 해우소에서 풀어놓는 똥 냄새가 번지는 것 같아
코를 움켜쥐려는 순간, 어디선가 죽비 후려치는 소리 날
아들고요. 짜릿짜릿한 통증이 목덜미에 번지는데요. 천
하에 불경스러운 자세 탓인가? 짙은 그늘 탓인가? 팔뚝
에 오소소 소름이 돋고요. 산꼭대기 적멸보궁을 올라간

발소리들처럼 내 번뇌도 그곳에서 멀리 날려 버리고 싶어지는데요. 일행은 이미 법당 앞마당에 내려와 하산길을 잡고 있었는데요. 나만 게으름 한 무더기 부려 놓고 내려가도 괜찮을까 자책해 보기도 하는데요. 점점 커지는 법당 안 염불만큼 맥박 소리 다시금 빨라지고요. 산바람이 발끝에서 사타구니를 거쳐 겨드랑이를 타고 오를 때는 모난 내 생활이 둥그러지는 것 같기도 했는데요. 중력을 이고 돌아앉은 비로자나불이 예정된 헤어짐을 뒷모습으로 보여 준 것 같아서 걸음마다 등짝이 후끈거리고요. 득도도 해탈도 내려놓지 않으면 한낮 돌덩이라며 계곡 물소리도 연거푸 달팽이관을 후벼 대는데요. 오를 때보다 훨씬 더 뜨거워진 발바닥이 마지막 돌계단을 무사히 내려설 때였지요. 소백산 산 그림자가 저만치 앞에서 사뿐사뿐 걸어오고 있는 겁니다.

입춘

칠부 능선을 지나 구부 능선을 지나
눈보라가 먼저 허리를 펴며
산꼭대기에 우뚝 선다

거센 바람이 머리칼을 헝클고
구름이 몸의 반대 방향으로 흐를 때
새삼 깨닫는다 내가 겨울산을 오른 건
저 산 너머 웅크리고 있다는
화려한 봄날 때문이 아니다

앞서 내디딘 왼발목이 시큰할까 봐
오른발이 왼발 앞으로 내디딜 때
앞선 오른발목이 시큰할까 봐
왼발이 오른발 앞으로 내디딘 것

산꼭대기는 산마다 있고
첫발을 내디딘 아랫마을에서도
궁극은 있고 그 어디든 있는 것이어서

나는 기껍게 내려가기로 한다

발목을 빨아들이던 오르막 눈길
그새, 언 땅이 녹으며 들뜬 흙이
몸의 중심을 무너뜨리는 순간
물컹한 산속으로 두 손이 빨려든다

눈송이 무게에 부러진 가지들
산골짝 바람 소리도 더불어
호흡을 홉 삼키며 내 모습을 주시하고
산 중턱을 나란히 걷던 햇볕

무너진 몸의 균형 곧추세우듯
흥건히 젖은 내 몸을 감싸 안으며
스르르 겨울산을 마저 녹인다

스미다

안개 짙은 산 중턱
법당 안 예불 소리가
계곡 물소리에 스민다

푹 파인 내 가슴 두들겨
저 깨끗한 소리 속으로
스미고 싶은 마음 읽었을까

비우면 비울수록 명쾌해지는지
속을 텅 비운 목탁 소리가
추녀 끝 가느다란 풍경 소리와
먼 산 새소리를 데리고
사방으로 번지며 스민다

밤새 자란 어둠 속으로
완벽히 스민 햇볕이
합장한 내 손끝에서
몸에 문을 열듯 지문을 열며

따뜻한 아침을 퍼뜨린다

빈틈없이 스미고 스민
소리와 소리가 아침을 품고
새로운 길을 찾아 나서듯
예불을 마친 발소리들

내디딘다 짙은 안개를 지우며
산 아래, 마을 속으로 스민다

춤

어떤 소리는 들뜬 마음을 가라앉히고
어떤 소리는 머리칼을 곤두서게 하는데요

관객 속에 숨은 내 잠을 깨우듯
치맛자락 도포 자락 부서지는 소리가
부드럽게 내 귓불을 감싸며
인제 그만 깨어나라 속삭이는데요

무대 위 신랑 신부 춤이 끝나고
오래전 떠나간 인연들
아슬아슬한 대금 소리에 실려 와
귓전에서 또다시 아득해져 가는데요

심폐소생술을 하듯 갑자기
난타 소리 커지며 빨라지고
마구 뛰는 심장 소리 따라
북소리 한 겹 한 겹 쌓여 가는데요

와자지껄 들릴락 말락
한참 동안 승강이를 벌이던
소리꾼 무대마저 끝나고
산동네 집으로 발걸음을 옮기는데요

하루 끝 오후의 햇볕이
땀에 젖은 머리칼을 쓸어내릴 때
경사진 언덕길 담장 밑을
슬그머니 내려다보았는데요

제 몸을 부수며 민들레꽃 한 송이가
훈풍 속으로 날아오르고 있었습니다

베췌증후군

피돌이가 멈춘 듯 어둠이 밀려온다 몸속에 수분이
말라 간다 손끝이 아파져 온다 발끝이 저려온다 뼈마디
가 쑤셔 온다 안압이 솟구친다 눈동자가 뜨거워진다 두
통이 밀려온다 입술이 타들어 간다 혓바닥이 갈라진다
사타구니가 쓰려진다 근육이 뒤틀린다 안면이 일그러
진다

눈에 보이는 것이 없으니
해야 할 말도 없어야 한다는 듯
골방에 갇힌 투병 앞에
행복과 불행은 선택의 문제라고
삶의 고통을 극복하라고 새로운 환경을 구축하라고
희망도서들이 말을 한다 그러나
지극히 당연한 문장들이 몸속에서 끓어오를 때마다
나는 한 움큼의 알약을 삼켜야 한다

오늘도 무사히 버틴 하루를 품고
살고 죽는 일이

내가 가진 소유물이라고
함부로 발설한 기억을 반성할 뿐
언제일지 모르지만, 행운처럼 통증이 사라질 때
가증스러운 얼굴을 들고
나는 한 생을 넘어온 척 거들먹거릴지도 모른다

그러나 극복은 없다 빛이 오면
어둠이 머물렀던 자리를 빛에게 내어주듯
어둠이 돌아오면 빛이 머물렀던 자리를 어둠에게 내
어주는
모든 삶의 영역이 스스로 존재하고 있음을
나는 언제나 한 점의 궁극을 딛고 감사할 뿐이다

광부

치솟는 안압 때문에 무자비한 통증에 시달린 지 이
년이 지났을까 어찌어찌 마지막 수술을 마치고 시각장
애 1급 판정을 받았다 결과를 전혀 예상 못 한 터라, 한
동안 골방에 틀어박혀 있었다 살아갈 길이 막막하기도
하고 몸도 아파서 밤새워 뒤척이던 어느 날 새벽이었다
수백 미터 탄광 속에서 짐승처럼 두 눈을 부릅뜬 채 곡
괭이질하는 얼굴이 떠올랐다 햇빛이 사라지고 얼어 버
린 식물질이 땅속에 묻혀 열과 압력을 받아 광물질이
된 태백산 갱도 속으로 매일 밤 걸어 들어간 시커먼 얼
굴이었다 따지고 보면, 시력 잃은 두 눈에 터질 듯한 통
증과 고열에 시달리는 내 몸이 석탄계 아닐까 싶었다 그
렇다면 나도 캄캄한 생활 속으로 걸어 들어가 단단한 빛
을 캘 수 있을까? 이러저러한 설계도를 그려 보다가 에
라, 모르겠다! 벌러덩 누운 채 이불을 뒤집어쓰고 있었
다 그때였다 머리맡 창 너머에서 어제의 사건 사고를 안
고 뛰는 신문 배달부, 밤샘 근무 마치고 돌아오는 위층
아저씨, 우유 아줌마, 새벽 출근 발소리들이 가파른 골
목길을 한바탕 흔들며 팽창하는 거였다 순간, 잠이 확,

달아났다 어제도 오늘도 부산한 저 소리들이 지질시대
광부 같아서 나도 암흑기를 받아들이고 골목 안으로 뛰
어 들어가 발소리 높여야겠다 갖은 다짐이 장딴지에 불
끈불끈 솟구칠 때 벌떡 일어나 이부자리를 개고 얼굴을
어루만져 보았다 고스란히 닮아 있었다 갱 속에서 차가
운 도시락 비워 가며 삶의 암층이 켜켜이 쌓인 암벽을
깨고 간신히 빛을 발굴해 온 우리 아버지 얼굴을

섬

그 섬에서는
찌그러진 사발로
차를 마신다

삐꺽 소리를 내며
섬이 열리면

촤르랑 기타 소리
잘 익은 피아노 소리
간헐적 가야금 소리
아득히 먼 대금 소리가

그윽한 차 향기를 몰고
한꺼번에 안겨 온다

그 섬에는
욕지기가 치미는 진실
꿀꺽 삼킨 다디단 거짓말

불쾌한 입맞춤
짭쪼름한 배신
즐거운 복수가

한바탕 엉키며 팽창한다

언제나 오묘한 유권 해석들과
온종일 부풀 대로 부푼 섬은
전부를 끌어안고
작은 창 너머 서쪽 바다
수평선을 넘는 저녁놀을 뒤따른다

나는 그 섬에 가기만 하면
어김없이 캄캄한 바닷속에서
속수무책 죽어 가는

나를 간신히 건져 올리곤 한다

국지성 호우

안과 검진 마치고 돌아오는 동네 버스 정류장이었지요. 느닷없이 천둥소리 들리더니 빗방울이 떨어지는 거예요. 점점 굵어지는 빗방울에 두 번 생각할 것도 없이 버스 정류장 앞 국밥집으로 뛰어 들어갔지요. 요란한 문소리에 놀란 주인 아주머니 멈칫하다가 내 흰 지팡이를 보더니 얼른, 다가와 자리에 앉혀 주더군요. 들어왔으니 비만 피하고 갈 수 없는 노릇 아닙니까? 당연히 국밥 한 뚝배기 시켰지요. 그런데 말입니다. 지나가는 비가 아닌지 빗소리 점점 더 기세등등해져 가고요. 갑자기, 폼 딱 잡고 술 두어 잔쯤 비우고 싶어졌는데요. 생각이 술병 속에 빠지면, 하는 수 없잖아요. 소주 한 병을 다 비워 가며 꾸준한 빗소리를 듣고 있는데요. 젖은 옷 탓에 몸속으로 한기가 파고들고 머리에서 뚝배기 김 피어오르듯 지난날들이 모락모락 떠오르는 거예요.

안과 병동 유리창 너머
밤하늘에 빼곡히 박힌 별들이
지저분하게 보이던 날

수술 후 칭칭 감은 붕대를 풀었을 때
동공을 후벼 대는 햇살이
오장육부를 뒤집던 날

끝내 조리개가 녹아내리고
별 볼 일 없는 두 눈동자
골방에 갇혀 버린 날

오랜만에 마신 술 탓인지. 두 눈동자에 안압이 치솟
고요. 밀려오는 두통 때문에 주머니 속에 가득한 진통
제를 물과 함께 삼켰는데요. 여전히 빗소리는 멈출 생각
이 없고요. 약 기운이 번지듯 지난날들의 통증이 무뎌
지는 것 같았는데요. 착각이라 해도 좋고 용기라 해도
좋고 무엇이든 다 좋은 취기가 제일 좋아서요. 국밥집
문 활짝, 열고 쏟아지는 빗줄기 골고루 헤아리며 가파른
골목길을 저벅저벅 올라가는데요.

시커멓게 찌든 내 생활도
빗속으로 뛰어들면
꾹꾹 주무르다 탈수하여
무지개로 턱 널어 줄 것 같은

오늘은 나를 통째로 빨래하는 날

롤러코스터

죽을 둥 살 둥
달리는 열차 있다

삶이 곤두박질할 때마다
온몸에 번지던 전율

그 폐의 확장 어떠했던가

짜릿한 전율 없이 피는 꽃
그 어디든 없다

생사의 갈림길에서
한 번쯤 까무러쳤다가
다시 깨어나 보면 아는

저 환한 웃음꽃들!

녹차나무 한 그루

지리산 계곡 비알진 녹차밭
작은 잎사귀들 어루만지는데
저마다 귀를 쫑긋 세우고 있는 거라

산꼭대기 바람 깊은 계곡 물소리
섬진강을 향해 흘러갈 때
흠뻑 땀에 젖은 내 몸에도
오소소소 잎사귀가 돋는 거라

녹차밭 주인이 건네준 차 한 잔에서
높푸른 지리산의 소리를 우려낸 듯
입안 가득 번지는 고매한 이야기가
목젖을 데우며 넘어가는 거라

짜릿짜릿한 소리들 스밀 때마다
마치 기다렸다는 듯 새파란 작설雀舌들도
온몸을 속속들이 쪼아대는 거라

정수리까지 시퍼렇게 멍들까 봐
서둘러 산 아래로 걸음을 옮기려는 순간
뿌드득뿌드득 녹차나무 뿌리 뽑히듯
발목이 시큰시큰 아파져 오는 거라

소나기

활짝 열린 창문
베란다, 화분 속
키 작은 꽃나무 한 그루

촉촉한 이파리들
물비린내에 취한 듯
파르르 파르르 떨고 있다

베란다 너머
먼 산 끝자락
온통 발그레해진
뭉게구름

일순, 내 발가락에 힘 들어가고
곤두서는 머리카락

아흐! 잠깐
사랑이 다녀가셨다

수목장

삼십여 년 만에 날아든
소식 한 통을 듣는다

"그 애가 죽었대"

남몰래 간직해 온 이름 석 자
목놓아 되뇌어 부르듯
거친 엔진 소리 산등성이를 넘어
양지마을 어귀를 들어설 때

그 옛날 통학버스 차창 바람
가슴께에서 한바탕 분다

등굣길마다 눈을 제대로 맞추지 못한
영정 속 까만 눈동자와 눈인사를 나누는 동안
곱게 빻은 뼛가루가 하얀 뼛가루가
햇살에 과수원집 복숭아나무 밑에 묻히고 있다

너는 햇살을 한껏 끌어당길 것이다
초록 이파리 꽃잎 편지지에 빼곡히 적은
싱싱한 소식 다디단 소식을
해마다 빠짐없이 보내올 것이다

햇빛에 반짝이던 복숭아 같은
볼그족족 발그레한 얼굴
열일곱 살 단발머리 너는

보성고사우르스

커다란 발자국, 발자국이
큰 바위, 바위에 찍혀 있다

아무도 발견하지 못한
어둡고 깊은 내 가슴속
파도 높은 바닷가 바위에도
발자국, 발자국이 찍혀 있다

최초의 아침 볕에 무산霧散하듯
수십억 년 묵은 낯선 바람이 일고
발가락, 발가락이 꼼지락거린다

누대를 견딘 퇴적층 속 백악기가
어깻죽지 흙먼지를 털어내며
차고 오른다 날아오른다

눈부신 하얀 날갯짓이
어두운 잔상을 흩지우며

지구, 지구알을 한껏 품는다

곱게 흰 목 줄탁의 부리가
후예여! 사랑하라, 사랑하라고
드넓은 하늘에 글귀를 새긴다

우리의 이름을 만지는 꽃잎들은 모두 눈부신 어둠 속에서 왔다

김학중(시인)

시집 『나는 한 점의 궁극을 딛고 산다』는 음각의 언어로 이루어져 있다. 손병걸 시인의 네 번째 시집인 『나는 한 점의 궁극을 딛고 산다』는 그간 손병걸이 다듬어 온 시적 언어의 도정이 개인의 내면적 서정성을 넘어서 아직 도달하지 못한 미답의 시적 영토를 비추는 데까지 다다른 모습을 보여 준다. 그 지평은 시적 사유가 본래적으로 근본화해야 할 지점, 바로 시적 언어 그 자체다. 시인이라면 누구나 시적 언어를 통해 시적 주체가 바라보는 장소와 그곳에서 마주한 대상, 그러한 경험이 이루어지는 시간을 언어로 압축하여 표상해내는 작업을 한다. 시적 언어를 조탁하여 만들어내는 작업, 이 포이에시스가 이루어지는 것에는 시적 주체의 정신적 과정이 동반된다. 시적 언어는 이 모든 과정을 가시화하는 작업이랄 수 있다. 이미 우리 눈앞에 도래한 것에서 비가시적인 시적 가능성의 지평을 끌어내어 우리의 정신에 새로운 언어적 가시성을 끌어내는 작업이 바로 시 쓰기이다. 그런데 이 시 쓰기 자체가 이미 너무나 우리의 시적 사유에서 당연시된 나머지 우리는 이 포이에시스 그 자체에 대한 사유는 미루어 두고 있다. 손병걸의 시가 시작하는 지점이자 반복해서 도착하는 지점이 바로 여기란 점은 그런 점에서 주목할 만하다.

손병걸은 시의 첫 작업에서부터 언어를 큰 화두로 삼았다. 언어로 포이에시스를 수행하는 작업 그 자체가 이 시인에게는 끝없는 난제였다. 때문에 그의 시집에서 이 언어는 끊임없이 다시 재현된다. 언어를 재현하고 사물을 언어로 전이시키는 작업은 여기 『나는 한 점의 궁극을 딛고 산다』에서도 반복되고 있다. 이 반복은 그러나 단순한 반복으로 나타나지 않는다. 그 이유는 이 반복이 언어를 근본화하고 그 언어가 다루어 내는 가시성의 차원을 근본적으로 되묻는 작업이기 때문이다. 이 되물음은 너무나 인간적인 근본화여서 결코 완성되지 않는다. 대신 그의 내부에서 지속적으로 비워지고 이 비워짐의 차이로 인해 다시 반복되는 언어는 차이가 기입된 채로 시로 도래한다. 그 차이와 반복의 연속 속에서 손병걸의 시는 새로운 시적 영토로 나아가고 있는 것이다. 그 영토는 포이에시스를 근본적으로 가능하게 하는 영토인 '어둠' 그 자체다.

시는 근본적으로 비가시적인 것을 가시화하는 작업이기에 이 '어둠'은 언제나 빛으로 밝혀야 하는, 즉 언어로 밝혀야 하는 지평이다. 그러나 이 '어둠'을 가시화하고 투명한 지평으로 끌어올수록 '어둠'이 근본적으로 가진 향기, 즉 가능성을 불러내는 장소로서의 아토포스를 상실한다. 시는 '어둠'을 가시화하였지만 바로 그런 이유로 '어둠'이 근본적으로 품고 있는 언어로 마주하지 못한다. 손병걸은 그의 시적 작업에서 바로 이 부분을 우리에게 알려주고 있다. '어둠'을 우리의 시적 언어에 돌려주는 것을 통해 언어의 가능성을 우리 앞에 환원한다. 흥미로운 점은 손병걸이 우리 앞으로 끌어오는 그 언어는 우리가 잊고 있는 언어라는 점이다. 그것은 만짐을 내포한 언어이다. 즉 우리가 언어를 만지는 행위를 통해 언어로 나타나는 언어란 말이다. 그것은 음각된 언어.

현대성은 모든 것을 평평한 지평이라는 평준화된 장소에 두려는 경향을 갖고 있다. 언어의 경우 그 지평은 인쇄된 종이라고 할 수도 있다. 이 언어는 문자에 기반한 언어가 우리 앞에 나타날 때 그 언어가 음각의 문자들이었다는 기억을 지운다. 최초의 문자들이 갑골이나 점토판에 음각된 언어였다는 기억을 우리는 이미 오래전에 잊었다. 손병걸이 문제화하는 언어의 지평은 바로 여기에서 나타난다. 그리고 이 언어들은 '어둠'에 먼저 바쳐진 말들이었다.

고대에 아직 언어들이 문자로 그 꼴을 갖추지 못했을 때, 인간들은 자신들의 바람을 하늘에 전하기 위해 제의적 행위를 했다. 라스코 동굴 벽화와 같은 동굴 벽화는 풍요를 바라는 우리의 기원을 담은 언어 그 자체였다. 그 그림들은 '어둠' 속에서 음각되었고 '어둠' 속에 바쳐졌다. 한 치 앞도 알 수 없는 우리의 삶을 위해 우리가 기원을 바치는 행위, 그 행위는 언어가 우리의 기원을 가시화하며 기록되던 순간에도 언어 그 자체에 깊이 새겨진 채 남아 있었다. 이 기원에는 가능성에 대한 바람이 담겨 있다. 반복되며 되돌아오는 삶의 비가시성을 환기하면서 오는 '어둠', 그것은 삶의 다른 말이다. 손병걸은 그의 시 안에 이러한 '어둠'을 불러들이고 있다. 그래야만 그의 언어가 '어둠' 속에서 '어둠'을 품으며 '어둠' 안에서 돌출되면서 우리의 손으로 만질 수 있는 언어로 다가오며, 비로소 그 안에서 얼굴을 드러내는 것이다. 그 얼굴들은 이미 항상 모르는 얼굴이며 바로 이 반복적인 비가시성으로 인해 늘 새롭게 각인되는 얼굴이 되는 것이다. 그의 시는 이 얼굴들을 매번 새로운 이름으로 부르는 불가능한 시도들의 반복이다. 그런데, 언어에 대한 이 깊은 통찰을 통해 손병걸은 우

137

리에게 무엇을 말하려는 것일까? 그의 시를 살펴보면
서 이야기를 이어 가 보자.

한 번도 본 적 없는
얼굴들이 온다

화난 얼굴 찡그린 얼굴
우는 얼굴 무표정한 얼굴들이
일제히 표정을 바꾸며 온다

해맑은 목소리들이
저마다 손을 내밀며
어김없이 내게 온다

달팽이관을 열면
모든 소리가 형체다
차 한잔을 나누면
빨주노초파남보
그윽한 무지개다 간혹
눈 뜨고도 눈이 부신 칠흑이다

밤이 더 깊을수록

또렷하게 켜지는 이름들이

얼굴 한번 본 적 없는

그들이 환한 얼굴로 온다

(중략)

떨리는 내 손을 잡으며

나를 만지며 나를 흔들며

나를 깨우며 파동이 되어 온다

볕이 되어 온다 향기로운 표정으로

내 몸을 일으키며 멈춤 없이 온다

까무룩히 꺼져 가는 내 이름을 부르며

연거푸 그들이 온다 온몸으로 온다

—「맛있는 악수」 부분

그의 시에서 얼굴들은 소리로 다가오는 타자들이다.
그 타자들은 시적 주체에게 다가온다. 그의 이름을 부
르며 시적 주체를 가시화하는 비가시적 존재로 다가온
다. 그들은 소리를 통해 시적 주체에게 현존으로 나타
나며 그 소리의 현존은 각기 다른 얼굴들을 '환한 얼
굴'로 변모시키면서 다가온다. 얼핏 보면 이 '환한 얼굴'

은 시적 주체의 세계에서 동일화된 존재로 보인다. 그러나 이들은 '무지개'와 같이 하나이며 여럿인 타자들이다. 다르면서 동일한, 동일하면서 다른 존재들인 이들은 시적 주체에게 다가오며 만지고 흔들며 깨우며 파동이 되어 온다.

이 파동을 시적 주체는 '악수'라고 한다. 서로가 손을 마주잡으며 만지는 이 행위는 칠흑, 즉 '어둠' 속에서 일어나는 운동이다. 이 운동이 '어둠' 속에 이름을 불러온다.

이 운동은 언어를 비가시적인 차원에서 일으키면서 동시에 그 차원에 두면서 언어를 가시화한다. 그것은 「맛있는 악수」에서는 시적 주체에 대한 호명으로 요약되는 '이름'으로 표상되었지만 이 '이름'은 그가 다른 이들을 하나이며 여럿인 '얼굴'의 차원에서 타자를 만나는 것과 마찬가지의 차원에 놓여 있다. 그래서 이 이름은 아직 여럿의 '이름'인 가능성을 담지한다. 그런데 이름은 근본적으로 비가시적인 것이다. 이름은 다른 이와 나를 구분하는 호명이면서 동시에 이 차이들로 인해 동일한 이름의 가능성을 가리킨다. 더불어 이 차이의 기능 이외에는 어떠한 것도 가시화하지 않는다. 그런 점에서 이름은 부름을 통해 누군가 응답하는 순간에만 비로소 가치를 가진다. 그러니까 「맛있는 악수」의 시적 주체는 이것이 부름과 다가옴으로 인해 일으켜지는 운동, 이 파동에 주목하는 것을 통해 이름의 차원에 자리한 것이 무엇인지 밝혀 준다. 여기에 이르면 '어둠'도 하나의 이름이다.

이 이름이 나타나는 자리에는 그러나 단순히 누군가의 이름으로, 단 하나의 이름으로 불릴 이름이 나타나지는 않았다. 이 이름은 언어화를 통해 부름이 현현하는 자리, 그 자체를 먼저 부를 이름이다. 그 이름은 '어둠'의 근본적 지위, 아무것도 없음, 아무것도 아님, 그러므로 비어 있음을 뜻하며 동시에 거대한 무늬인 이름이 자리한다. 이름의 빈칸이며 동시에 이름인 언어, 그것은 '민'이다. "순우리말로는 없다는 뜻이다 그러나 이곳엔/무수히 많은 자취가 새겨져 있다"(「민」 부분)라고 시적 주체가 노래하는 순간 우리에게 돌출되는 이름이 바로 그것이다. 그런데 이 자리는 시적 주체의 바깥에 있는 것이 아니다. '악수'가 운동으로 돌출되며 시적 주체를 일으키는 얼굴들과 마주하는 것이었다면 '민'의 자리는 시적 주체 안과 밖에서 이 운동을 추동하는 공간으로 주어진 것이다. 이름이 나타나는 자리에 그러니까 우리의 몸이 자리하고 있다는 것이다. 몸이 이름 앞에 돌출되어 나타나는 것, 이 나타남에 대한 시적 사유가 손병걸의 시에서 여러 겹을 내포하여 확장하며 돌출되고 동시에 타자와 연결되는 것이다. 그런 점에서 이러한 언어를 도래시키는 '음각'은 몸에서 시작하는 언어인 것이다.

순식간에 내 안으로 스며들어 와
어둠을 밝혀 준 당신

나는 행여나 당신이 떠날까 봐
긴 시간 문을 걸어 잠갔다 그러나
당신은 굳게 닫힌 시건을 풀고
행선 모를 바람이 되어 사라졌다

허공만 더듬는 오늘 아침 문득
서로 어루만져 온 희로애락의 문양이
손끝마다 새겨진 등고선 같아서
높은 산, 바람이 소용돌이를 치듯
내 몸을 통째로 흔든다

시리고 뜨겁고 크고 작고 가볍고 무거운 바람
저 숱한 바람은 누구에게나 보이지 않듯
시력이 없는 내 눈앞에서도 멀쩡히 불고
사방이 막힌 공허에도 당신이

거푸 분다 뜨겁게 분다

끌어안은 심장, 언어의 마음, 그리고 나부끼는 머리칼
차분한 눈길, 손목, 그 체온, 부드러운 목소리
해맑은 표정, 발목, 하얀 목덜미, 달콤한 키스
이제야 온전히 알겠다 한 몸이란
시간이 엉켜 온 체위가 아니다

소리 소문 없이 내 몸을 빠져나간 당신이
산 너머 먹구름 속으로 스민다 해도
텅 비어 버린 내 몸속을 휘도는 바람은
분다 열 손가락 끝에 음각된 순간
내 안으로 불어닥친 그 환한 태풍은

—「음각」 전문

시 「음각」은 타자인 '당신'에 대한 기억으로 시작한
다. 이 당신은 나를 '빠져나간' 존재로 표현되고 있지만
동시에 오랜 기간 내 안에 거주했으며 이 거주의 기억
으로 인해 '허공'에서도 불어오는 '바람' 같은 존재다.
이 존재는 "끌어안은 심장, 언어의 마음, 그리고 나부끼
는 머리칼/차분한 눈길, 손목, 그 체온, 부드러운 목소
리/해맑은 표정, 발목, 하얀 목덜미, 달콤한 키스"가 겹

처진 존재이다. 하나의 존재로 환원되지 않지만 '당신'인 이 존재는 시적 주체인 내 몸 안에서 '빠져나가'고도 다시 '불어닥친' 존재이다. 때문에 주체는 "한 몸이란/시간이 엉켜 온 체위가 아니다"라고 말할 수 있는 것이다. 그 존재는 누군가인 '당신'이며 '당신'의 이름이며 모두의 '바람'인 몸이며 마음인 주체 자체이다. 시적 주체는 그래서 '몸'을 통해서 '바람'을 자신에게 기입할 수 있는 존재가 되었다. "열 손가락 끝에 음각된 순간"에 돌출되는 시적 주체는 그래서 타자를 기입시킨 몸, 타자를 음각한 몸인 주체로 우리 앞에 나타난다. 그리고 바로 이 몸의 자리에 아무것도 없으며 빠져나간 채로 비어 '아무것'인 '민'의 지평이 모습을 드러낸다. 바로 이것이 '민'이 음각으로 나타나는 시적 언어의 자리인 것이다. 이 자리는 시적 주체가 "나무숟가락"에 빗대어 우리에게 다시 현시하는 '몸'의 결을 드러내는 아래의 시에서 더욱 두드러지게 나타난다.

> 그녀가 나무를 깎는다 칼질의 방향은
> 순결 쪽이 편하다고 한다 가끔은
> 잘 미끄러지던 칼날이 탁, 걸릴 때
> 엇결을 만난 것이라 한다
> 그러나 맞선 것이 아니고

걸어온 길이 서로 다를 뿐

그냥 결과 결이 한 몸으로

단단히 자란 나무의 사연이라 한다

이 나무숟가락 하나가

우리 손에 쥐어질 수 있는 건

헤아릴 수 없는 인연들이 옹집된

작은 나무 한 조각의 회향回向 덕이라 한다

엇결이 순결이고 순결이 엇결

각기 제 방향을 가진 나뭇가지들의 조화

그러니까 분리할 수 없는 모두는

바로 나무 한 그루의 나무 한 조각이라 한다

—「나무숟가락」 부분

　나무의 몸은 "각기 제 방향을 가진 나뭇가지들의 조
화"를 이루며, 서로 다른 결을 가졌기에 "엇결이 순결이
고 순결이 엇결"인 '한 몸'이다. 나무의 몸 안에서는 어
떠한 결도 '순결'이나 '엇결'로 한정할 수 없으며 서로 맞
물려 "분리할 수 없는 모두"로 있는 것이다. 이것은 겹겹
이 서로의 결을 끌어안는 포옹이다. 이 포옹은 만물의
생성 원리이다. 바로 그렇기에 나무의 몸은 "나무 한 그
루의 나무 한 조각"이라 부를 수 있다. 그래야 "나무숟
가락"이라는 새로운 나무의 형태가 가능하다. 그러나

이 길들은 늘 내부의 결이기에 그것을 누가 꺼내서 다듬어 주기 전까지는 그 형태가 드러나지 않는다. 나무 숟가락을 만들어 주는 장인의 손길이 없었다면 나무는 자기 내부에서 치열하게 다투는 그 결들이 서로서로 끌어안고 있는지 몰랐을 것이다. 시적 언어를 통한 나무의 재현도 이와 마찬가지라고 할 수 있다.

시적 주체가 시적 재현을 통해 우리 앞에 현시한 몸은 바로 위의 "나무 한 그루의 나무 한 조각"과 같은 차원의 것이다. 그리고 이는 「음각」에서 환기한 당신의 "결" 중에 하나인 "언어의 마음"을 안고 있는 것이다. 그것은 언어가 우리 앞에 나타나 돌출되는 사태이자 언어 그 자체의 현존을 말하는 것에 다름 아니다. '어둠'도 또한 이러한 사태 자체의 이름이며 동시에 그 사태이다. 그것은 '민'으로 우리에게 여러 겹의 '면'을 가진 채 나타나기도 한다. 무엇보다 시적 주체가 시적 언어를 마주하는 곳에서 이는 더욱 크게 부각되어 나타난다. "면들을 면면히 어루만지면/생각이 한없이 깊어지는 면/면들이 면면히 열리면/뜨거운 감동이 솟구치는 면"(「면」)이라 노래하는 것은 우연이 아니다. 이 면들은 '음각'을 받아 주며 '면' 안에서 흩어지고 모이는 것들을 낳는다. "무산霧散하는 바닷속에서 소금 알갱이를 흩으며/금강초롱들 꽃봉오리 꽃잎들을 펼친다"(「모란

공원 민주열사 묘역에서」)고 노래하듯이 말이다. 더불어 이 지평에서 언어는 겹겹이 다른 결을 껴안는 포옹을 통해 언어로 나타난다. 언어야말로 서로 다른 음운들을 끌어안고 서로의 결을 껴안아야만 비로소 우리 앞에 나타날 수 있지 않은가? 이 언어의 지평은 앞서 살펴본 바대로 '어둠'의 차원에 깃들어 있다. 이러한 점에서 손병걸은 언어를 가능하게 하고 언어가 언어를 포옹하며 우리 앞에서 돌출되는, 이 '어둠'의 차원이 지닌 여러 면들을 우리에게 현시하는 시인이라 할 수 있다.

그런데 손병걸은 이런 언어의 근본적 차원을 끝없이 탐침해 나가면서 우리에게 무엇을 보여 주고자 하는 것일까? 포이에시스의 가능 지점이자 기원인 언어의 차원을 여러 방면에서 검토하면서 우리에게 무엇을 말하고자 하는 것일까? 아래의 시에서 우리는 그가 우리 앞에 비가시적인 것들을 통해 무엇을 마주하려고 하는지를 볼 수 있다. 그것은 바로 언어가 조음을 통해 소리를 포옹하며 언어로 발화되어 나가듯이, 음각된 언어들이 서로를 껴안으며 돌출되어 언어로 나타나듯이, 언어가 언어 내부의 가능성 안에 무엇인가를 내포하고 있기 때문이다. 언어는 연대한다. 그것이 손병걸이 '음각'되는 언어를 통해 우리 앞에 현시하고자 하는 삶의 가능성인 것이다.

치솟는 안압 때문에 무자비한 통증에 시달린 지 2년이 지났을까 어찌어찌 마지막 수술을 마치고 시각장애 1급 판정을 받았다 결과를 전혀 예상 못 한 터라, 한동안 골방에 틀어박혀 있었다 살아갈 길이 막막하기도 하고 몸도 아파서 밤새워 뒤척이던 어느 날 새벽이었다 수백 미터 탄광 속에서 짐승처럼 두 눈을 부릅뜬 채 곡괭이질하는 얼굴이 떠올랐다 햇빛이 사라지고 얼어 버린 식물질이 땅속에 묻혀 열과 압력을 받아 광물질이 된 태백산 갱도 속으로 매일 밤 걸어 들어간 시커먼 얼굴이었다 따지고 보면, 시력 잃은 두 눈에 터질 듯한 통증과 고열에 시달리는 내 몸이 석탄계 아닐까 싶었다 그렇다면 나도 캄캄한 생활 속으로 걸어 들어가 단단한 빛을 캘 수 있을까? 이러저러한 설계도를 그려 보다가 에라, 모르겠다! 벌러덩 누운 채 이불을 뒤집어쓰고 있었다 그때였다 머리맡 창 너머에서 어제의 사건 사고를 안고 뛰는 신문 배달부, 밤샘 근무 마치고 돌아오는 위층 아저씨, 우유 아줌마, 새벽 출근 발소리들이 가파른 골목길을 한바탕 흔들며 팽창하는 거였다 순간, 잠이 확, 달아났다 어제도 오늘도 부산한 저 소리들이 지질시대 광부 같아서 나도 암흑기를 받아들이고 골목 안으로 뛰어 들어가 발소리 높여야겠다 갖은 다짐이 장딴지에 불끈불끈 솟구칠 때 벌떡 일어나 이부자리를 개고 얼굴을 어루만져 보았

다 고스란히 닮아 있었다 갱 속에서 차가운 도시락 비워

가며 삶의 암층이 켜켜이 쌓인 암벽을 깨고 간신히 빛을

발굴해 온 우리 아버지 얼굴을

—「광부」 전문

　이 시에는 시인이 시각장애인이 되게 된 사연과 시
인의 아버지에 대한 기억이 오버랩되어 있다. 시적 주
체는 안압이 올라가는 등 여러 고통을 겪고 수술을 한
끝에 결국 시력을 잃고 말았다. 이 경험은 그런데 놀랍
게도 시적 주체의 아버지가 평생을 바쳐 일한 탄광을
떠올리게 한다. 탄광에서 광부들은 어둠 속에서, 열과
압력을 견뎌 가며 탄을 캐낸다. 주체는 이 행위가 자신
이 현재 놓인 처지와 닮아 있음을 깨닫는다. 그러나 그
것이 바로 삶의 가능성을 환기하지는 않는다. "캄캄한
생활 속으로 걸어 들어가 단단한 빛을 캘 수 있을까?"
라는 질문 앞에서 어떤 답을 찾기가 어려웠기 때문이
다. 그래서 삶의 가능성을 탐침해 가길 포기하려 한다.
그때에 시적 주체에게 다가온 것은 삶을 추동해 가는
소리들이다. "어제의 사건 사고를 안고 뛰는 신문 배달
부, 밤샘 근무 마치고 돌아오는 위층 아저씨, 우유 아줌
마, 새벽 출근 발소리들이 가파른 골목길을 한바탕 흔
들며 팽창하는 거였"다. 이 소리의 파동들이 시적 주

체의 몸에 '음각'되면서 그를 일으켜 세운다. 그리고 그가 자신의 얼굴을 만졌을 때 그는 깨닫는다. 자신의 얼굴과 "갱 속에서 차가운 도시락 비워 가며 삶의 암층이 켜켜이 쌓인 암벽을 깨고 간신히 빛을 발굴해 온 우리 아버지 얼굴"이 닮았다는 것을 말이다. 삶을 견디어낸 아버지의 얼굴은 하나이며 여럿이다. 이 시에서 시적 주체는 자신의 아버지의 얼굴이라고 했지만 그것은 '모든 아버지의 얼굴'이기도 하지 않은가. 그런 점에서 이 시는 우리의 삶이 우리의 이웃이라는 깨달음을 통해 자신의 삶에 내제된 가능성의 얼굴을 발굴해낸 것을 노래하고 있다. 이 시를 통해 나타난 사태는 어떤 의도도 없이 단지 반복되는 삶 앞에서 자신을 개진해 가는 수많은 우리들이 어떠한 개입 없이도 서로 연대하고 있다는 것이다. 언어가 마치 '어둠' 속에서 그러했듯이. 그러나 이 언어들은 이미 항상 삶을 그대로 안은 것으로 인해서 삶에 내재된 '어둠'의 결을 포용한 언어이다. 그래서 이 언어는 "생사의 갈림길에서/한 번쯤 까무러쳤다가/다시 깨어나 보면 아는//저 환한 웃음꽃들!"(「롤러코스터」)인 것이다.

이러한 연대의 가능성은 놀랍게도 시적 주체의 이웃에게도 전이된다. 어떤 다른 곳으로 시적 주체가 자리를 옮기더라도, 삶의 거처를 찾아오는 연대의 손길이 이어진다. 이들은 익명의 얼굴로 오는 이웃이면서도 동시에 늘 우리 곁에 있을 것만 같은 익숙함을 지닌 얼굴로 다가온다. 이웃은 단지 누군가 한 사람의 얼굴로 또렷해지기보다 이렇듯 어디에나 있을 얼굴로 나타난다. 아래에서 살펴볼 중국집 사장님도 우리 곁에 늘 있을 이웃으로 느껴진다. 어느 곳에서나, 비록 낯선 곳에서도. 그래서 시적 주체는 이러한 이웃들의 존재를 우리에게 은근히 자랑하듯 묘사하면서 이 가능성의 지평을 이미 존재할 자리로 불러오는 것이다.

자랑하고 싶은 짜장면집이 있다. 그러나 정작 상호를 모른다. 위치도 모른다. 어느 날, 친구가 전단에서 읽어 준 전화번호 하나를 외울 뿐이다. 나는 가끔, 그 전화번호를 눌러 딸아이와 짜장면을 시킨다. 주문 전화를 끊고 채 오 분이 지나지 않는다. 현관문 두드리는 소리 들린다. 문을 열어 주면, 예쁜 딸은 공부 잘하고 있느냐? 당신 건강은 어떠냐? 씩씩한 목소리 들린다. 늘 짜장면 보통을 시키지만, 왕곱빼기 짜장면과 주문하지도 않은 비빔용 짜장을 가져다주는 사장님이다. 배달을 오는 날이면, 살림살이를 꼬치꼬치 물어서 생필품을 사다 주는 사장님이다. 그런데 얼마 전, 살던 집에서 멀리 떨어진 집으로 이사하던 날이었다. 짐을 정리하다가 점심때가 되었을 때였다. 혹시, 이곳까지 배달할 수 있을까? 그러나 걱정은 오 분을 넘기지 못했다. 사장님은 총알을 탄 사람처럼 달려왔다. 왕곱빼기 짜장면 그릇들과 선물용 세제 한 통을 내려놓으며 사장님 어김없이 지청구를 풀어놓는다. 내 허락 없이 언제 이사를 했대? 어디 집 구경 좀 해 볼까? 짬뽕같이 매운 사장님의 오지랖이 집 안 구석구석을 훑고 간 뒤, 한참 걸릴 짐 정리가 수월하게 이뤄졌다. 역시, 아무리 먼 곳으로 이사해도 부다다당 달려올 사장님이 분명하다. 그러나 나는 여전히 사장님 이름을 모른다. 오직, 푸짐한 번호 하나를 외울 뿐이다. 언제든지 긴급 출동할 수 있을 것 같은 대한민국 최고의 왕곱빼기 짜장면집 전화번호 하나를…

—「왕곱빼기 짜장면집」 전문

이 시의 주체는 왕곱빼기 짜장면집 사장의 이야기를 능청스럽게 늘어놓는다. 오지랖이 넓어 보이는 이 사장은 시적 주체의 삶에 직접적으로 개입하는 이웃이다. 그의 "살림살이를 꼬치꼬치 물어서 생필품을 사다 주는 사장님"이신 것이다. 시적 주체는 그런 이웃에서 받은 도움에 고마움을 느끼고 있다. 그런 고마움 때문에 이사를 하면서 그 이야기를 먼저 알리지 못한다. 하지만 이삿날 점심은 중국 음식을 시켜 먹는 내력이 우리에게 있지 않은가? 그래서 혹시나 하는 마음에 그 중국집에 전화를 걸어 짜장면을 주문한다. 사장님은 거절하지 않고 단숨에 시적 주체가 이사한 집에 달려온다. 와서는 음식 배달만 하고 가는 것이 아니라 집을 여기저기 살피며 짐 푸는 것도 도와준다. 이 따듯한 마음씨의 이웃을 시적 주체는 아직 이름도 모른다. 이웃들은 그런 점에서 늘 다만 이웃이며 이웃의 이름이므로. 그래서 우리는 이 푸짐한 사장님을 어디에나 있을지 모를 이웃으로 느끼게 된다. 언어가 연대의 가능성을 현재화하는 사건으로 다가오는 이 시적 경험은 삶이 우리에게 손 내미는 구원의 가능성을 떠올리게 한다. 이 가능성을 통해 우리는 비로소 삶이 우리의 가장자리가 아니라 우리의 가장 내밀한 곳에서 우리를 추동하는 힘임을 느낀다.

여기에 이르면 '어둠'에 '음각'된 언어는 서로 연대하여 우리의 이웃으로 다가오며, 그때 그때 우리 앞에 나타나는 존재로 느껴지게 된다. 이러한 작업을 통해 손병걸의 시는 아버지의 얼굴에서 어머니의 얼굴에서, 그래서 모두인 이름의 얼굴에서 이웃이 된다. 점들이 이웃이 되어 문자가 되듯이. 서로 모르는 얼굴이 모여 그 간격으로 하나의 음각된 점이 된다. 손병걸은 이 언어의 연대가 곧 시적 윤리임을 밝히고 있다. 이 윤리 앞에서 이제 '어둠'의 '엇결'인 '빛'도 '어둠'과 포옹한다. '빛'이 '어둠'의 이웃이 된다. 이 '빛'들은 모두 꽃잎 같은 점들이다. 이 점들이 늘 이웃인 우리의 이름을 만진다. 그리고 우리의 이름을 만지는 꽃잎들은 모두 눈부신 어둠 속에서 왔다. 이것이 손병걸이 우리 앞에 도래시킨 시적 윤리이다.

이러한 시적 윤리는 세월호와 촛불시위의 장면에서 손병걸만이 그려낼 수 있는 장면으로 정점에 이른다. 촛불처럼 작은 목소리들이 광장에서 하나로 뭉쳐지는 장면, 그 장면들은 앞서 「광부」에서 살펴본, 시인의 아버지가 캐내던 삶의 희망에서 시작된 빛과 결이 같다. 동시에 촛불은 점자點字인 문자들이다. 어두움을 뚫고 저 하늘을 빛의 광장으로 만들어 나가는 뜨거운 점자들이다. 하늘이 읽어내지 않고서는 지나칠 수 없는, 끝내 도달해야만 하는 이 땅에서 떠오르는 빛의 은하들이다. 수많은 점들이 연대하여 언어가 된다. 그 점들이 빛의 목소리를 '음각'하여서 하늘을 움직이는 힘이 된다. 그것은 시이며 시를 통해 만들어 가는 연대의 힘이다. 비가시적인 가능성의 힘을 가시화하는 힘이다. 그 힘은 시적 주체에게, 시인 손병걸에게는 단지 퍼져 나가는 소리일지 모른다. 그래도 괜찮다. 소리가 본다는 것을, 소리가 이웃의 얼굴로 다가오며 운동하며 돌출되는 언어임을, '어둠'에서 피어나는 언어임을 우리는 이미 마주하였기에. 시는 그 힘이 퍼져 나가는 소리를 다만 듣고 전할 뿐이다. 그것을 전할 때에 시각장애인 시인 손병걸의 눈은 누구보다 밝다. "날개를 편 거대한 불빛이/닫힌 하늘을 열어젖히고 있"는 것을 보고 "그들이 스스로 하늘이 되어 가고 있"(「그들의 하늘」)는 것을 보고야 말기 때문이다.

『나는 한 점의 궁극을 딛고 산다』 이전까지 손병걸은 그가 겪은 질병과 그로 인해 얻게 된 시각장애 때문에 '시인'이란 점보다 '시각장애인 시인'이란 점이 더 주목받았던 시인이다. 이번 시집을 통해 그가 이룩한 시적 사유가 깊은 수준에 도달해 있음을 더욱 주목받는 계기가 되길 바란다. '음각'에 기반한 언어에 대한 사유가 언어의 연대로 이어진 시적 도정을 열어 냈음을, 그 열어 낸 자리에 시인 손병걸이 끊임없이 시적 가능성의 지평을 반복해서 도래시킬 것임을 보여 주고 있기 때문이다.

나는 한 점의 궁극을 딛고 산다

2021년 3월 31일 1판 1쇄 펴냄

지은이   손병걸

펴낸이   김성규

편집   김은경 미순 조혜주

디자인   김동선

펴낸곳   걷는사람

주소   서울 마포구 월드컵로16길 51 서교자이빌 304호

전화   02 323 2602

팩스   02 323 2603

등록   2016년 11월 18일 제25100-2016-000083호

ISBN   979-11-91262-29-2 04810

ISBN   979-11-89128-01-2 (세트)

*   이 책은 서울문화재단의 '장애예술인 창작활성화지원사업' 지원을 받아 발간되었습니다.
*   이 책 내용의 전부 또는 일부를 재사용하려면 반드시 지은이와 출판사의 동의를
    얻어야 합니다.
*   잘못된 책은 교환해 드립니다.